Gewitternacht
星星還沒出來的夜晚

米謝・勒繆
MICHÈLE LEMIEUX

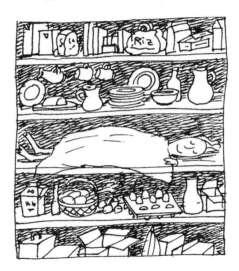

答案在想像力

　　為什麼要寫一本探討存在的問題卻尋不到答案的書？其實並非只有成人才會思考到哲學的問題。事實上，我們每一個人都可能會想到一些關於人類，卻終不得其解的問題，而你我應該就這麼天馬行空的去思索，讓想像力自由的飛翔。

　　我想寫的書是可以讓人去談自己切身的問題，而且是採開放的探討方式。我從沒有想過要給讀者任何答案，更不想藉此去驚嚇或是安慰讀者，或是寫一些無關痛癢的東西。

　　我只想談論一些關於生活、命運、夢想、焦慮甚至是死亡的問題；當然死亡也是屬於生命的一部分。藉由很普通的文字和一些特定場景的插畫，將觸發我靈感的文字表達出來。每一個問題都開啓了充塞各種景象和象徵的世界，而這些東西就是屬於答案的一部分。

　　對我來說，思想就像素描一樣，將會成為一幅畫，但仍是尚未完成的畫，還會再持續創造發展。我一開始就把這本書當成素描簿一樣，把場景架構在深夜的一個房間裡，裡面住著一個愛幻想的小女孩，她就跟其他的小孩一樣會問上千個奇奇怪怪的問題。這本書是獻給所有的大人和小孩；或是那些試著想要知道他們是誰，生命是什麼的人；還有給所有深信幽默感和想像力，永遠不會從生命中消失的人。

——米謝・勒繆 MICHÈLE LEMIEUX

另一種精神文化

　　如何向中國文化的子民推薦「德國理性主義」的思維？這是個難題，即使熟悉德國哲學的教授也大感為難，但是本書卻輕易地解決這個問題。

　　透過孩子的一個夜晚，德國理性文化被點活起來，「我是誰？」、「為什麼我活在世上？」，這些問題從德國（甚至西方）文化之眼展演開來，衍生了許多無解的出路，而最後以「人間相伴」作為歸途。

　　雖然，這些問題是中國文化的祖先不問的，但並不意味我們的後代不會接應。本書的插畫為我們把陌生的理性主義，點上了眼睛，看到了另一種精神文化。

余德慧（東華大學族群關係與文化研究所教授）

簡單而深刻

　　《星星還沒出來的夜晚》乍看是一本可愛的小書，有著許多創意十足的插畫。故事很簡單，所有的事情都發生在小女孩和父母親道晚安之後所想起的問題。這些「小女孩」的問題，簡單而明確，但卻輕易地觸及了無限、生命、死亡、自我、愛與孤寂等課題。大部分，我們都沒有能力回答。

　　讀這本書令人坐立不安的是，如果這些簡單而根本的問題都沒有答案的話，我們簡直比矇著眼睛活著還糟糕。更何況每天理直氣壯地活著，自以為是地思考著所謂複雜的問題？簡單的問題，其實最深刻，又最叫人深思。

　　我的良心建議是，千萬別在睡前讀這本乍看之下可愛的小書。

侯文詠（名作家、廣播主持人）

溫柔的星光

打開《星星還沒出來的夜晚》，下雨的天空沒有星星，但腦中深深的黑洞，卻也冒出一閃又一閃的星光。

作者用輕鬆、自然的筆調，輕輕的彈奏內心感情的流洩。這種感情雖然是他內心和個人的聯想，但並不令人覺得空洞，讀者很容易從內心深處引發對作者的共鳴。比起某些「禪宗玄機」那樣故作姿態，刻意著手的意念，要高明靈巧得多了。

米謝‧勒繆的插畫，使這本書有不凡的想像發揮。它看來似一種頑皮的遊戲，流暢的繪出心靈的線條，想像的空間。如同一顆顆星星掉在你的懷裡，讓你很容易喜歡、感動。

大文豪赫曼‧赫塞曾寫了一首詩送給妮儂夫人，其中有兩句是：

希望展翼飛去

飛離束縛我的牢籠

我在莫札特的鋼琴奏鳴曲中讀這本書，就自然浮起了赫塞的詩句。

《星星還沒出來的夜晚》會觸動你三種感官，眼睛、耳朵、以及你的心靈。

郝廣才

（全高格林出版公司總編輯）

愉悅的生命色調

　　身為繪本工作者，當我面對一張空白的紙，執筆開始構圖時，文字的意念隨時會跟在旁邊興起。

　　你的身分不斷轉換，時而是個感傷的詩人，時而是個瘋狂的畫家。

　　你好像在忘情地唱一首歌，旁邊有美妙的樂器在伴奏。這時所構成的線條和文字確實有一種奇妙的生命，和我們平常使用的文字和繪圖都截然不同。

　　它們緊密地結合，一起去遊戲、冒險。這塊空白的紙上是個大樂園，一處未曾有任何人踏足過的地方。

　　於是，另一種有趣的思維誕生了。

　　它往往會提供一種新的視界空間，以及新的樂趣。

　　當我翻讀著作者的每一篇圖文所構成的人生相時，我如此思索。

　　相信這位前輩在創作時應該也有近似的深層感受，並經由生命的色調，愉悅地調和出一種灰色，卻略帶一點悲觀而知性的幽默，完整地展現出來。

（名作家）

獻給達西亞　(Darcia)

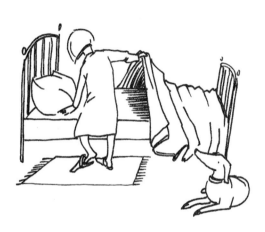

我怎麼睡得著呢！
成千上萬個問題在我腦海裡盤旋。

無限的盡頭究竟在哪裡？

如果我們在天上挖一個洞
是不是就能看到無限？
如果我們在那個洞裡再挖一個洞
那我們會看到什麼呢？

其他星球是否也有生物呢？

你曾經想過，來自其他星球的生物
現正藏在我們中間嗎？

我們從哪裡來？

世界上第一個人類的長相
到底是誰構想出來的呢？

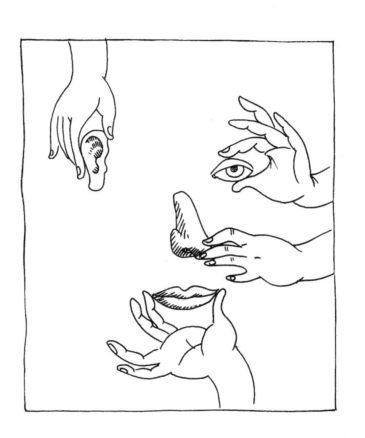

想想看，如果我們像蔬菜一樣從地裡長出來……

……或是從生產線上製造出來……

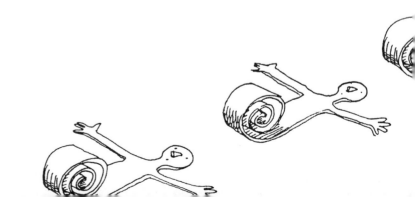

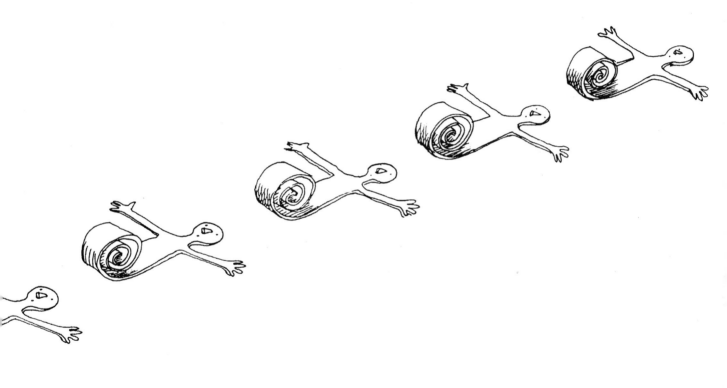

⋯⋯或是由廢五金拼湊而成！

有一天我將會有自己的孩子，還是？

我是誰？

我只能在這世界上存活一次嗎？

我長得美嗎？

我可愛嗎？聰明嗎？

費多是否自以為長得美？

有時候，我覺得自己的長相很可笑，

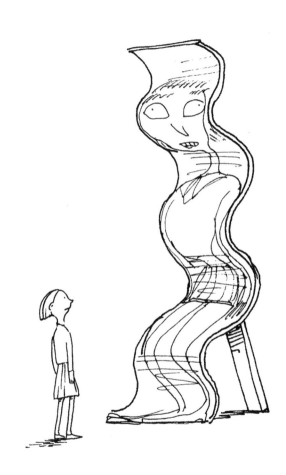

如果我們可以任意地更換這副皮囊……

……或者，至少把其中的一部分藏起來，
也就是我們較不喜歡的那一部分！

如果我們可以隨意更換這副皮囊，
是否有人會看中我這一副呢？

有時候，我覺得自己好無助。

每當這種時刻，我會非常渴望
有人來撫慰我。

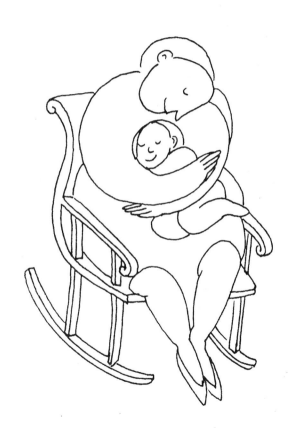

有時候，我又非常渴望獨處，
希望全世界都不要來煩我，
這樣我才能隨心所欲，做我想做的事！

當我快樂的時候，我覺得自己
好像全身都會發光。

可是當我憤怒的時候，
我覺得自己快要爆炸了！

當我悲傷的時候，我會有一種感覺，
好像全身充滿了水，水位不斷升高，
終於淹上髮根。

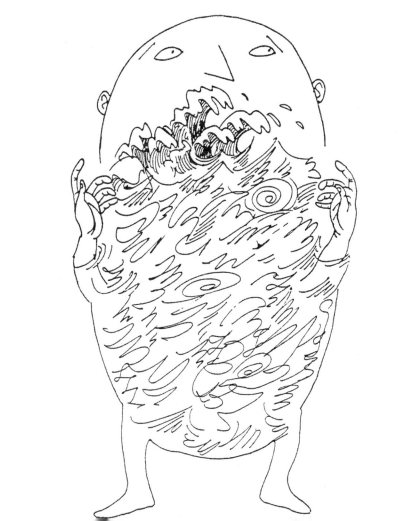

也許有一天我會成為一個大英雄？

我的名字將會以大寫字母厚厚的印在字典上？

有時候，我會想做出一些沒人敢做的事，
更別提松雅會有這個膽量了！

我的兄弟姊妹都會嫉妒得發狂！

人人都爲我瘋狂喝采！

我整個的人生是否打一開始就已經被決定了呢？

難道我必須獨自尋找人生的出路？

費多的本事可好：牠總能找到回家的路，
就算我們迷路了也不怕。

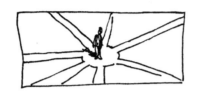

在人生的路途上，我能夠一直做出正確的抉擇嗎？
我又如何能夠分辨我所做的正是對的決定呢？

我能夠一直避開禍患的侵害嗎？

在天上是否真有位神明一直看顧著我？

當然還有我的媽媽，總是無微不至地照顧著我！

那究竟是什麼──是命運嗎？

所有的意外都是純屬偶然嗎？
還是有人在背後操縱這一切？

為什麼我的腦子裡面裝得下這麼多奇奇怪怪的意念？
它們到底是打那兒來的，又將往何處去
──當它們不在我的腦海中時？

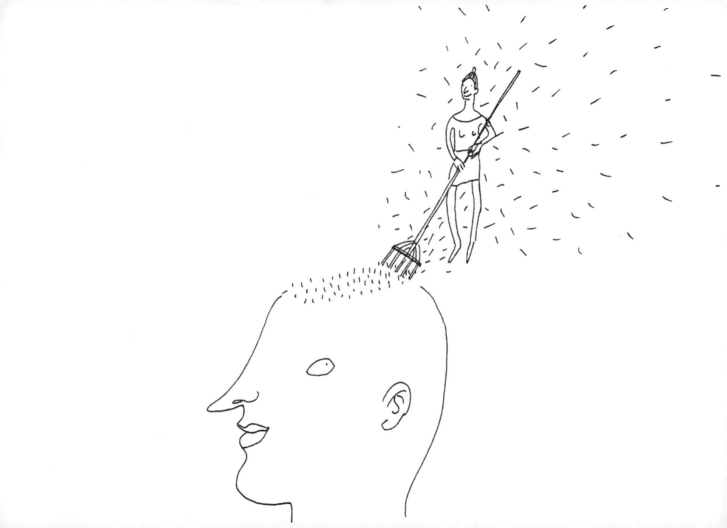

有時候，我的腦子裡簡直就是一片空白！

當我奉命爲蘿拉姑媽畫一張美麗的肖像時，
就會發生這種情況。

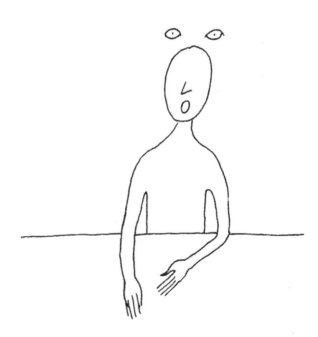

有時候，我會有這種感覺，
彷彿可以透視到自己的內心深處。

爸爸剛剛對我說了一個故事，
有個男人一直活在自己的幻想國度裡。

那我呢，我是不是也有屬於自己的幻想呢？

我是如此喜歡搜尋那些尚未存在的事物。

或許我有一些特殊的能力，
到現在還未曾被發覺出來！

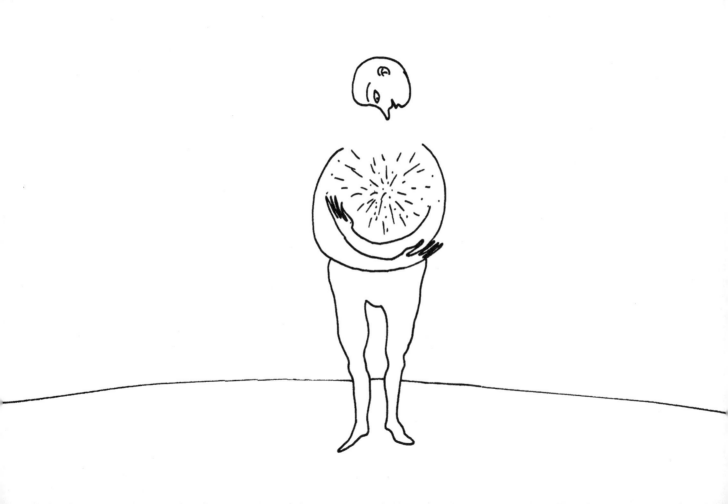

當夜深人靜，當我沉入夢鄉時......

......究竟我的靈魂漫遊到了何處？

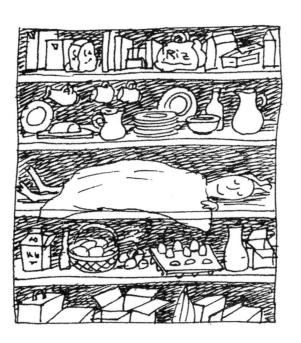

有沒有可能到另一個星球上了呢？

也許有這麼一個星球，上面聚集了所有正在做夢的人？

會不會我整個人生只不過是一場夢？
而夢才是唯一真實的世界？

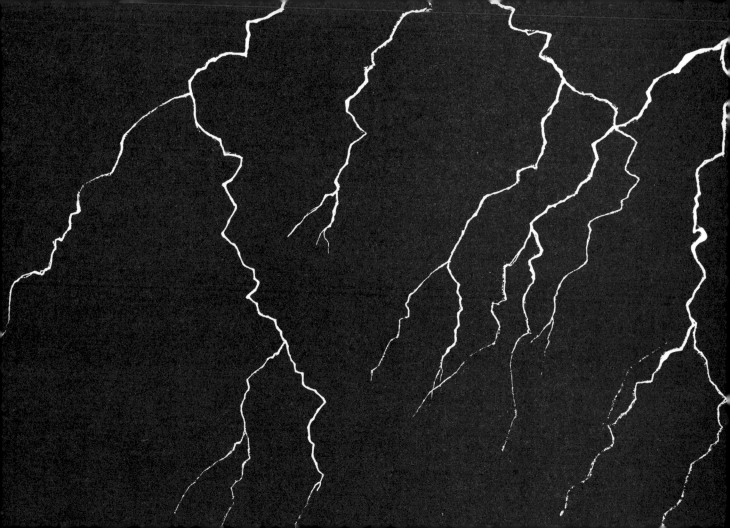

我突然覺得好害怕！

費多，趕快到我的身邊來！

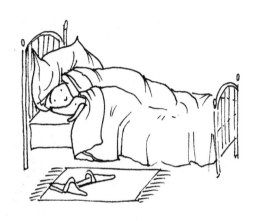

在這暴風雨的夜裡，
我深刻地感到既孤單又無助。

深怕自己突然被人遺棄......

......並且被迫和我所愛的每一個人分離......

孤伶伶一個人被放逐到天涯海角！

我擔心人們會不喜歡我！

我害怕戰爭。

媽媽！

我怕小偷會趁機闖進來，

我既怕猛虎野獸，
　　又怕妖魔鬼怪會乘虛而入，

更怕壞人會來傷害我！

生命中不知還有多少恐懼害怕在等候著我！

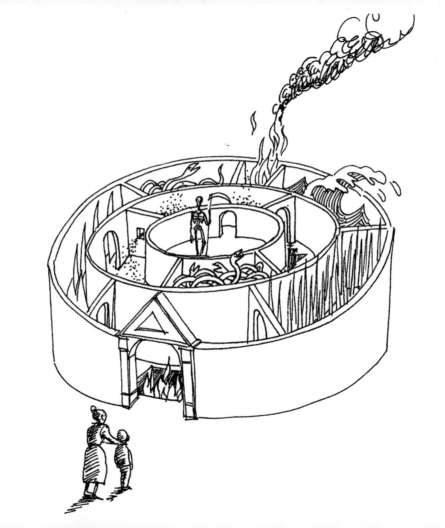

世界末日——真的有這麼一天嗎？

大限臨頭時，
我會意識到自己的生命已經走到終點了嗎？

死亡會不會很痛？

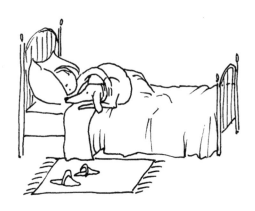

當死神想要帶走我時，
我會藏得好好的，
讓他怎麼找都找不到！

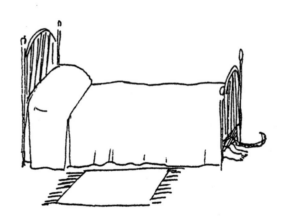

我們真能透視自己的靈魂嗎？

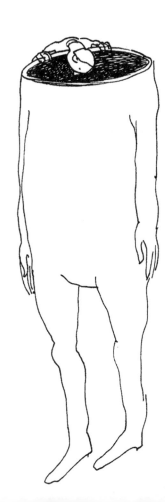

人死之後，他的靈魂究竟會歸向何方？
難道是歸於不可測知的無限嗎？

然而無限的盡頭究竟在哪裡？
顯然它正躲藏在天空的背面！

我們敬愛的天父是否就住在那裡？
人死之後，是不是都會到祂那裡？

如果我親身到那裡走一趟的話，
是不是就能在成千上萬個死者中間
認出我的朋友和親人呢？

有時候，我也會問我自己：
死後的世界會不會比生前的世界更美好！
可是那裡的人們整天都在做些什麼事呢？

還有地獄！真的有這麼個地方嗎？

我們的老鄰居史本持先生，是個不幸的人，
他一天到晚哀聲嘆氣，他的人生就是煉獄！

也許死後的人生就是這麼簡單，
跟出生之前沒什麼兩樣！

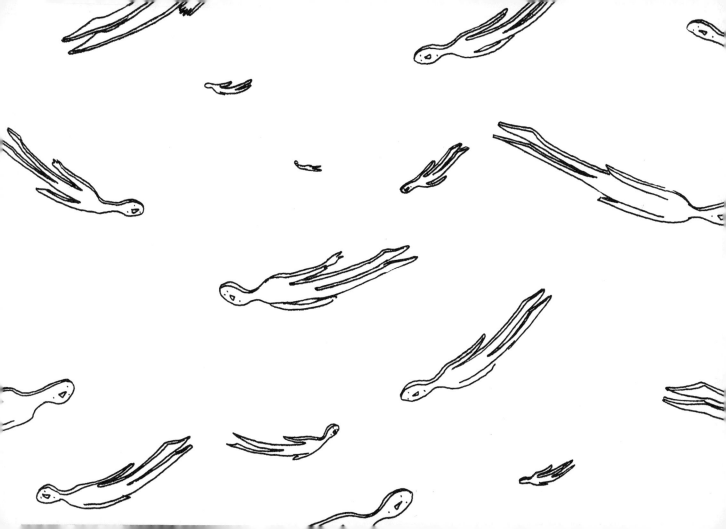

也許是死亡抹去了我們所有的記憶，
好讓我們在另一個輪迴中可以重新出生！

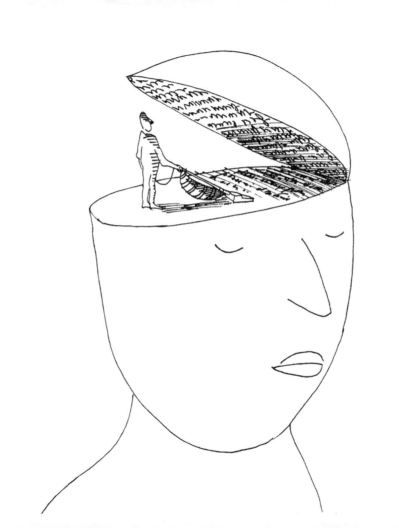

或許我們會以嶄新的形態
重返這個世界！

你能夠想像，人們竟然可以從中認出人類的形象！

如果死去的一切生物果真重新出生，
所有的人類，所有的動物、植物，
所有的貝類和空中的飛鳥，
那麼這個世界，包括天上地下
將沒有足夠的空間可以安置他們，或是？

如果死後的世界是空無一物，那又如何呢？

我好餓啊！

如果人類可以長生不死的話呢？

那麼人類就能夠理解　　　　所有的奇蹟，

這世界的奇蹟，

宇宙的奇蹟，

全世界的每個角落都可以找到朋友！

那就太棒了！

TiTan 017
大人失戀反省會

017

藤野美奈子◎著　吳怡文◎譯

失戀真的是一種相當特別的經驗……。
失戀就是……
失去了佔滿了妳的心，
佔據了妳大部分行動範圍的人。
失戀就是……
失去了「自己原本應有的模樣」。
失戀就是……
徹徹底底的失去「自信」。
失戀就是……
失去了「平常」的世界，
還有，失戀就是……
徹底變成孤單一個人。

定價：200元

TiTan 018
一個人泡澡

018

高木直子◎著　陳其伶◎譯

春暖花開，體驗賞花氣氛首選櫻花浴→滿意度三顆星
炎炎夏日，讓你神采奕奕的小蘇打浴→滿意度四顆星
涼爽秋天，光滑輕盈全身都有效的醋浴→滿意度閃亮五顆星
寒冬刺刺，來個少女情懷可愛的蜂蜜浴→滿意度四顆星
宿醉、減肥、保持肌膚潤白、對抗腰痠背痛，決定了嗎？
今天你要泡什麼澡呢？

定價：220元

TiTan 019
裝模作樣膽小鬼

019

鈴木智子◎著　常純敏◎譯

你是否具備以下「裝模作樣膽小鬼」的特性？

1. 膽小鬼對芝麻小事忽喜忽憂，永遠，每天都很刺激……
2. 膽小鬼再三考慮決定貿然行事後，常常，有出乎意料的發現！
3. 膽小鬼很在意別人的眼光，所以，不會忘記奮發向上！
4. 膽小鬼凡事考慮太多，因此，深入品味人生！

對於膽小鬼而言，跨出第一步雖然難上加難！
但一有了行動，就會勇往直前，好，來吧，我一定沒問題！
不管你是100%膽小鬼，還是0%膽小鬼，
生活就是一場冒險，就算每天為芝麻小事七上八下，
都要開心享受每一天！！

定價：220元

TiTan 020
小狼人

020

柯奈莉亞・馮克◎著
鄭納無◎譯　劉瑞琪◎圖

有個夜晚，
莫特和麗娜遇見了一頭有著黃眼睛大嘴巴、長得像狗的怪物，
牠撲向莫特，還咬了他一口！
回家後的莫特發現他的身體開始產生奇妙變化！
「我到底怎麼了？」
莫特和麗娜到圖書館去找資料，他們發現一件驚人的事：
到下次月圓那個晚上，莫特就會永遠變成一隻狼！
麗娜來得及拯救岌岌可危的莫特嗎？
或許，他們還需要另一位救星？……

定價：200元

TiTan 021
小精靈

021

柯奈莉亞・馮克◎著
鄭納無◎譯　柯絲汀・麥爾◎圖

艾瑪和她的狗狗崔斯坦，某天深夜在海灘發現一個綠色瓶子，
好奇的艾瑪將瓶塞拔了出來……
瞬間，一股淺藍色煙霧從瓶子裡飄出，
原來，瓶子裡躲著一個藍色精靈！
精靈說，他最重要的魔法鼻環被可惡的黃精靈偷走了，
所以他變得又矮又弱！
艾瑪和崔斯坦決定幫助這可憐的精靈找回鼻環，
藍色精靈則答應艾瑪，將會幫她實現三個願望……

定價：200元

TiTan 022
松鼠的生日宴會

022

敦・德勒根◎著
蔡孟貞◎譯　凱蒂・葛羅瑟◎圖

松鼠寫了一整天的邀請函，
風把信收進土撥鼠、蚯蚓地底的家門口，
信飛向大海，抹香鯨、海獅和海豚，都受到邀請。
第二天，回信實在太多了，沒有動物說不來。
有的動物不會寫字，或者忘了怎麼寫「我會來」，
他們大吼大叫、嘰嘰啾啾，連螢火蟲都發出小亮片回信了。
松鼠的生日宴會終於開始了，大家真的都會來嗎？
現在已經過了中午，卻沒有半個客人來……
萬一他們忘了松鼠的生日怎麼辦？還是他們最後都說不來了……

定價：200元

Titan023
星星還沒出來的夜晚

作者：米謝‧勒繆
譯者：洪翠娥
發行人：吳怡芬
出版者：大田出版有限公司
台北市106羅斯福路二段95號4樓之3
E-mail:titan3@ms22.hinet.net
http://www.titan3.com.tw
編輯部專線：(02)2369-6315
傳真：(02)2369-1275
【如果您對本書或本出版公司有任何意見，歡迎來電】
行政院新聞局版台業字第397號
法律顧問：甘龍強律師

總編輯：莊培園
主編：蔡鳳儀／編輯：蔡曉玲
企劃統籌：胡弘一／企劃助理：蔡雨蓁
網路編輯：陳詩韻
印製：知文企業（股）公司　(04)2358-1803
初版：2007年（民96）二月二十八日
定價：新台幣230元

總經銷：知己圖書股份有限公司
（台北公司）台北市106羅斯福路二段95號4樓之3
TEL: (02)2367-2044‧2367-2047　FAX: (02)2363-5741
郵政劃撥帳號：15060393
戶名：知己圖書股份有限公司
（台中公司）台中市407工業區30路1號
TEL: (04)2359-5819　FAX: (04)2359-5493

Gewitternacht
Text and illustrated by Michèle Lemieux
Copyright © 1996 Beltz Verlag, Weinheim und Basel
Programm Beltz & Gelberg, Weinheim
Chinese translation copyright © 1998 by Titan Publishing Co., Ltd.
Published by arrangement with Julius Beltz through Bardon-Chinese Media Agency
All rights reserved

國際書碼：ISBN:978-986-179-035-0 / CIP:875.6/96001062
Printed in Taiwan
版權所有‧翻印必究
如有破損或裝訂錯誤，請寄回本公司更換

廣　告　回　郵
北區郵政管理局登
記證北台字1764號
免　貼　郵　票

大田出版有限公司　編輯部收

地址：台北市106羅斯福路二段95號4樓之3

電話：（02）23696315-6　傳真：（02）23691275

E-mail：titan3@ms22.hinet.net

地址：................................

姓名：................................

TITAN
大田出版

智　慧　與　美　麗　的　許　諾　之　地

（左側）★請沿虛線剪下，再摺疊裝訂寄回，謝謝！

閱讀是享樂的原貌，閱讀是隨時隨地可以展開的精神冒險。

因為你發現了這本書，所以你閱讀了。我們相信你，肯定有許多想法、感受！

讀　者　回　函

你可能是各種年齡、各種職業、各種學校、各種收入的代表，

這些社會身分雖然不重要，但是，我們希望在下一本書中也能找到你。

名字／_____　性別／□女 □男　　出生／___ 年 ___ 月 ___ 日

教育程度／_____

職業：□ 學生　　　　□ 教師　　　　□ 內勤職員　　□ 家庭主婦
　　　□ SOHO族　　　□ 企業主管　　□ 服務業　　　□ 製造業
　　　□ 醫藥護理　　□ 軍警　　　　□ 資訊業　　　□ 銷售業務
　　　□ 其他 _____

E-mail/_____　　　　　　　電話/_____

聯絡地址：_____

你如何發現這本書的？　　　書名：星星還沒出來的夜晚

□書店閒逛時 _____ 書店 □不小心翻到報紙廣告（哪一份報？）_____

□朋友的男朋友（女朋友）灑狗血推薦 □聽到DJ在介紹 _____

□其他各種可能性，是編輯沒想到的 _____

你或許常常愛上新的咖啡廣告、新的偶像明星、新的衣服、新的香水……

但是，你怎麼愛上一本新書的？

□我覺得還滿便宜的啦！ □我被內容感動 □我對本書作者的作品有蒐集癖

□我最喜歡有贈品的書 □老實講「貴出版社」的整體包裝還滿 High 的 □以上皆

非 □可能還有其他說法，請告訴我們你的說法

_____

你一定有不同凡響的閱讀嗜好，請告訴我們：

□ 哲學　　　□ 心理學　　□ 宗教　　　□ 自然生態 □ 流行趨勢　□ 醫療保健
□ 財經企管　□ 史地　　　□ 傳記　　　□ 文學　　　□ 散文　　　□ 原住民
□ 小說　　　□ 親子叢書　□ 休閒旅遊□ 其他 _____

一切的對談，都希望能夠彼此了解，否則溝通便無意義。

當然，如果你不把意見寄回來，我們也沒「轍」！

但是，都已經這樣掏心掏肺了，你還在猶豫什麼呢？

請說出對本書的其他意見：

大田出版有限公司編輯部 感謝您！

國家圖書館出版品預行編目資料

星星還沒出來的夜晚／米謝‧勒繆（Michèle Lemieux）作；
洪翠娥譯. －－ 初版. －－ 台北市：大田，民96
　　面；　公分. －－（Titan；023）
ISBN 978-986-179-035-0
譯自：Gewitternacht

875.6　　　　　　　　　　　　　　　　　　96001062